Ausschneidebuch - Bär, Auto, Ball

Liebevolle, kindgerechte und wunderschöne Motive zum Ausmalen und Ausschneiden. Spaß für Kinder ab 3 Jahren.

Felix Morgenrot

1. Auflage

Auflage 2021

Dieses Buch gehört

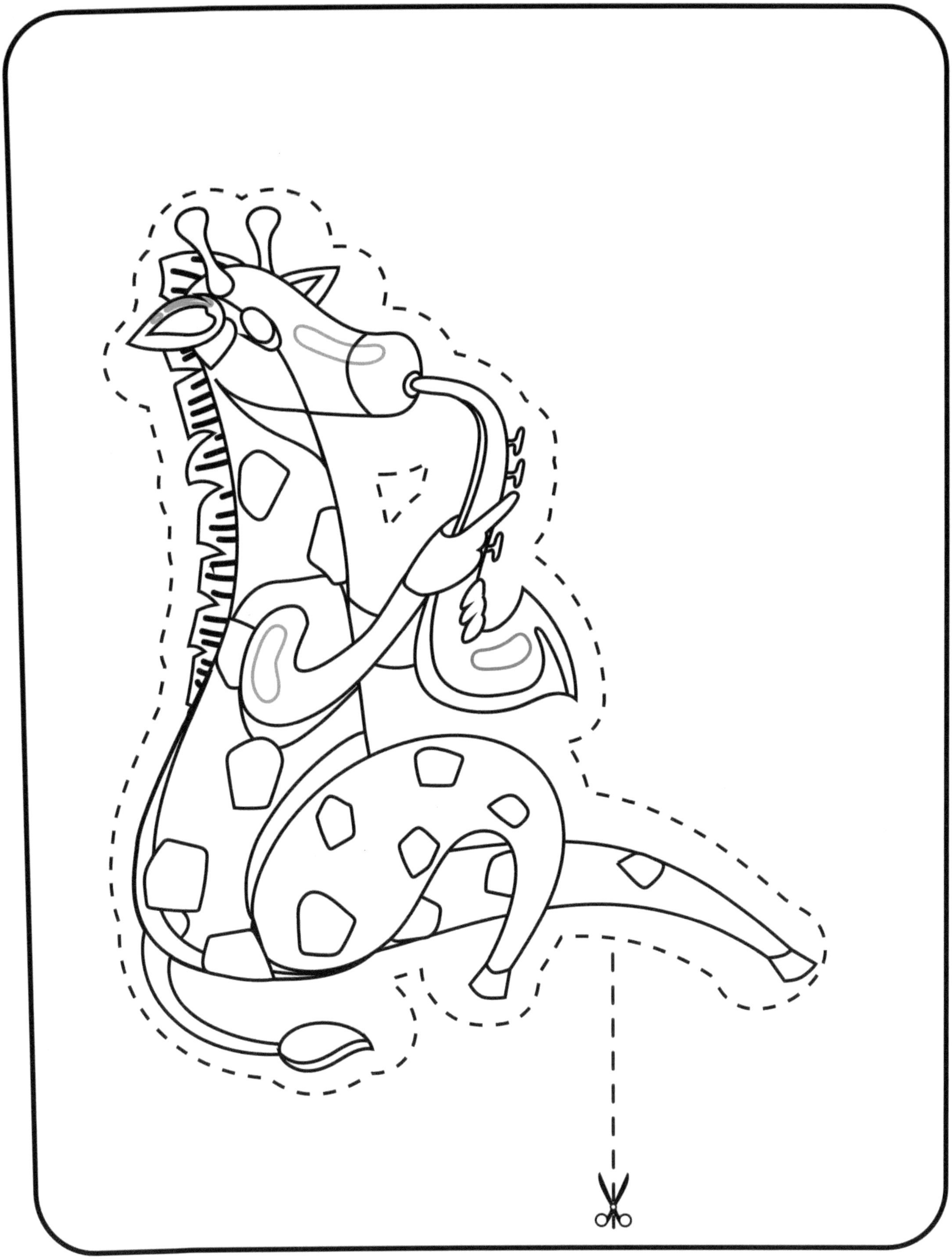

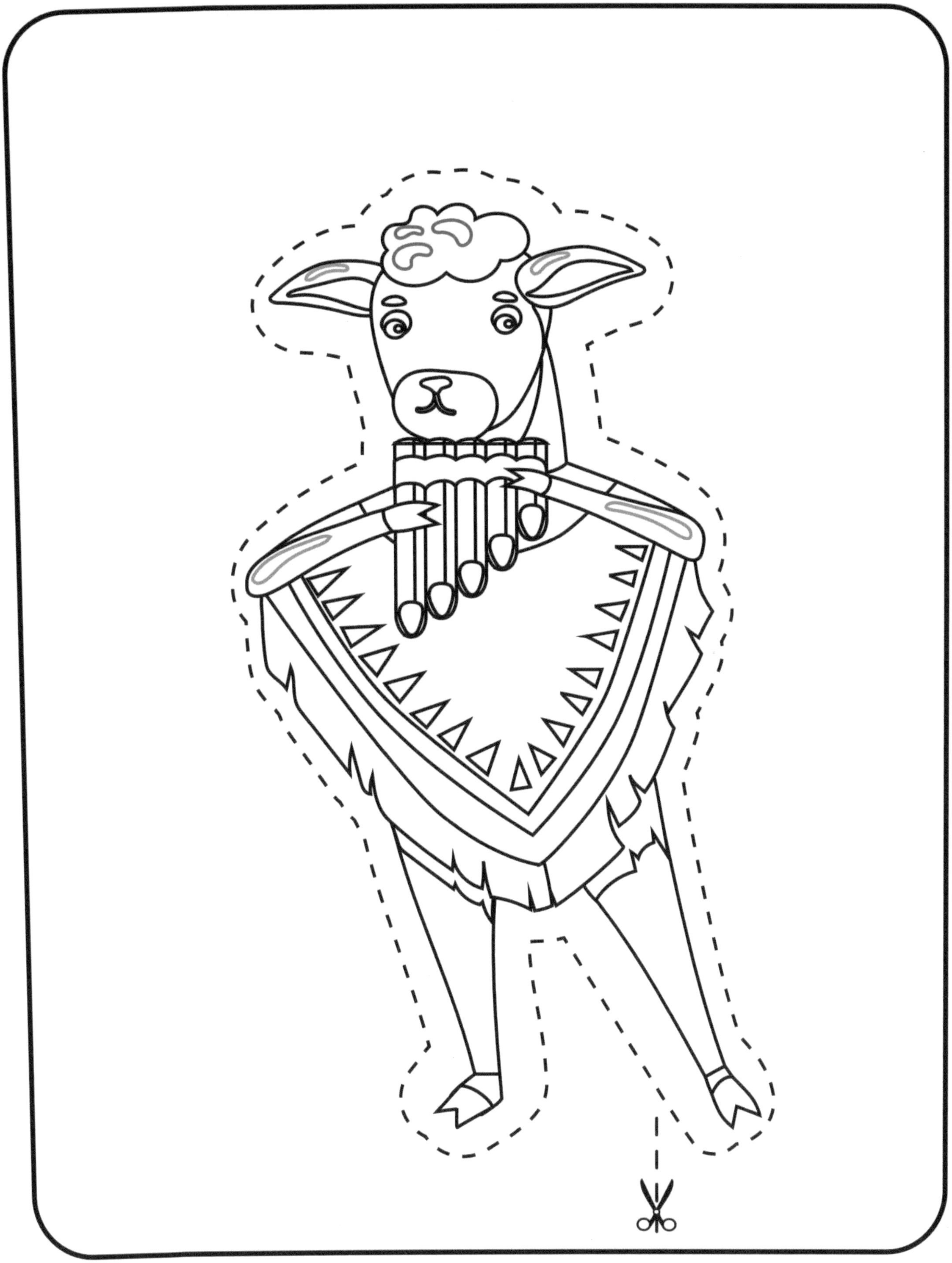

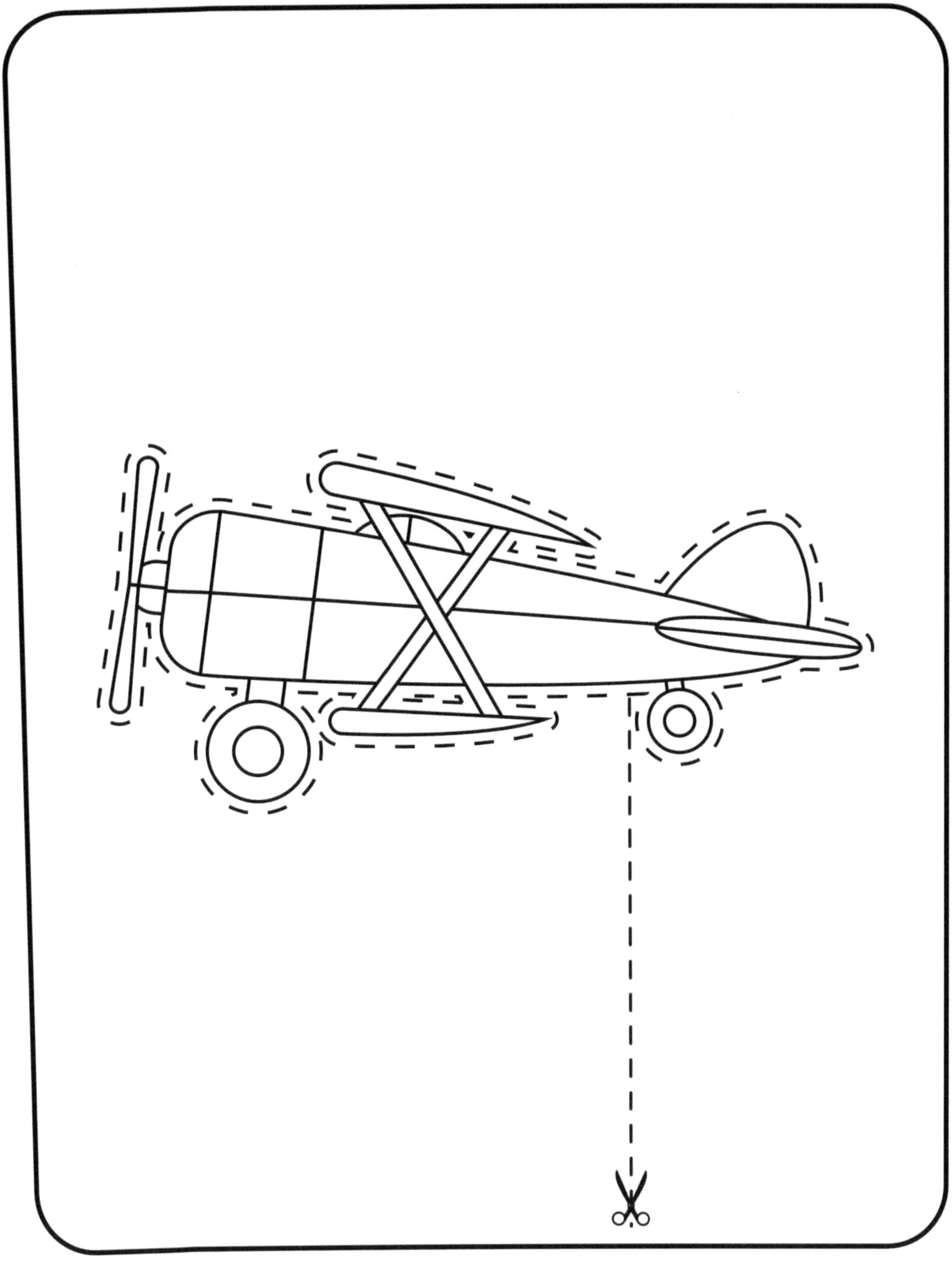

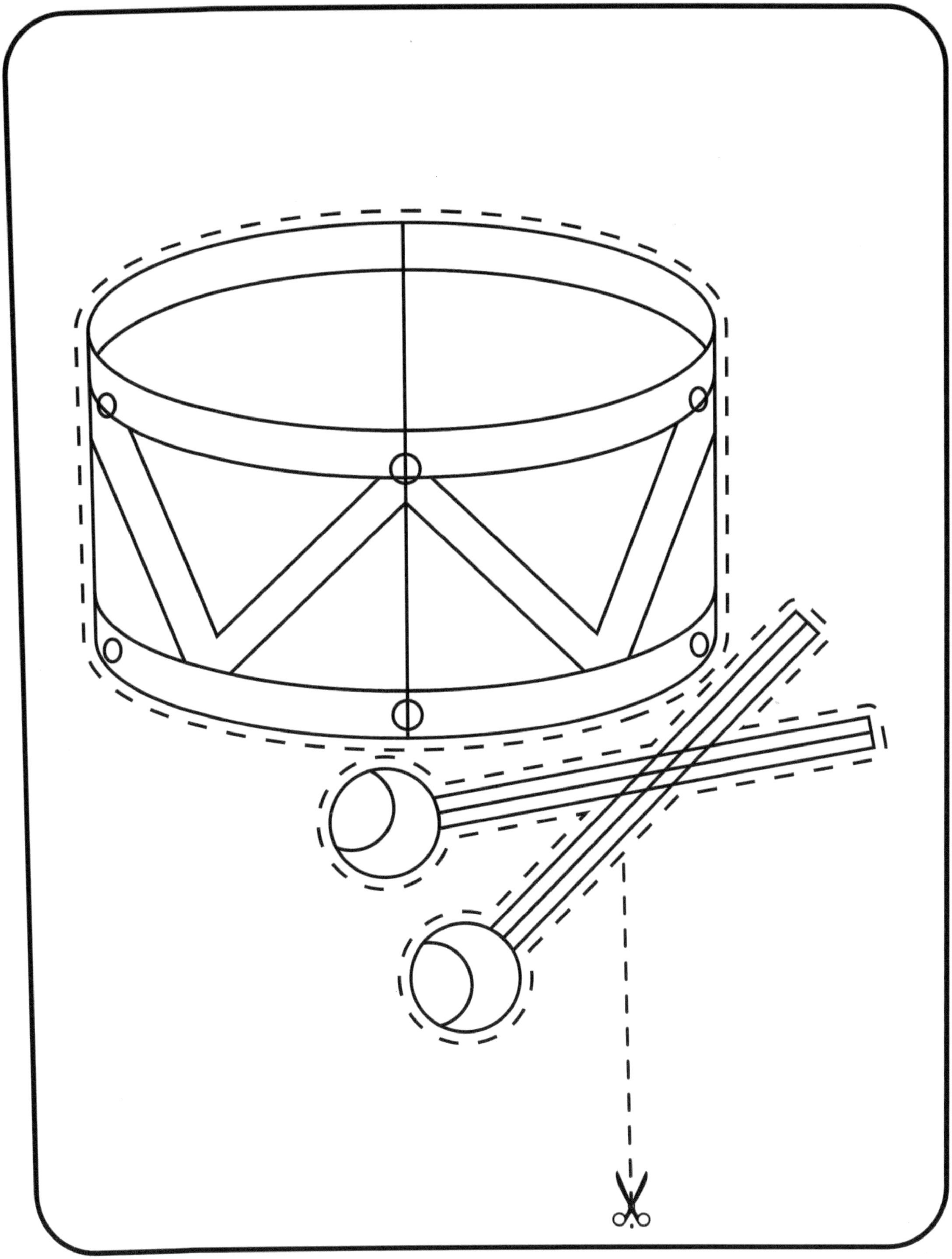

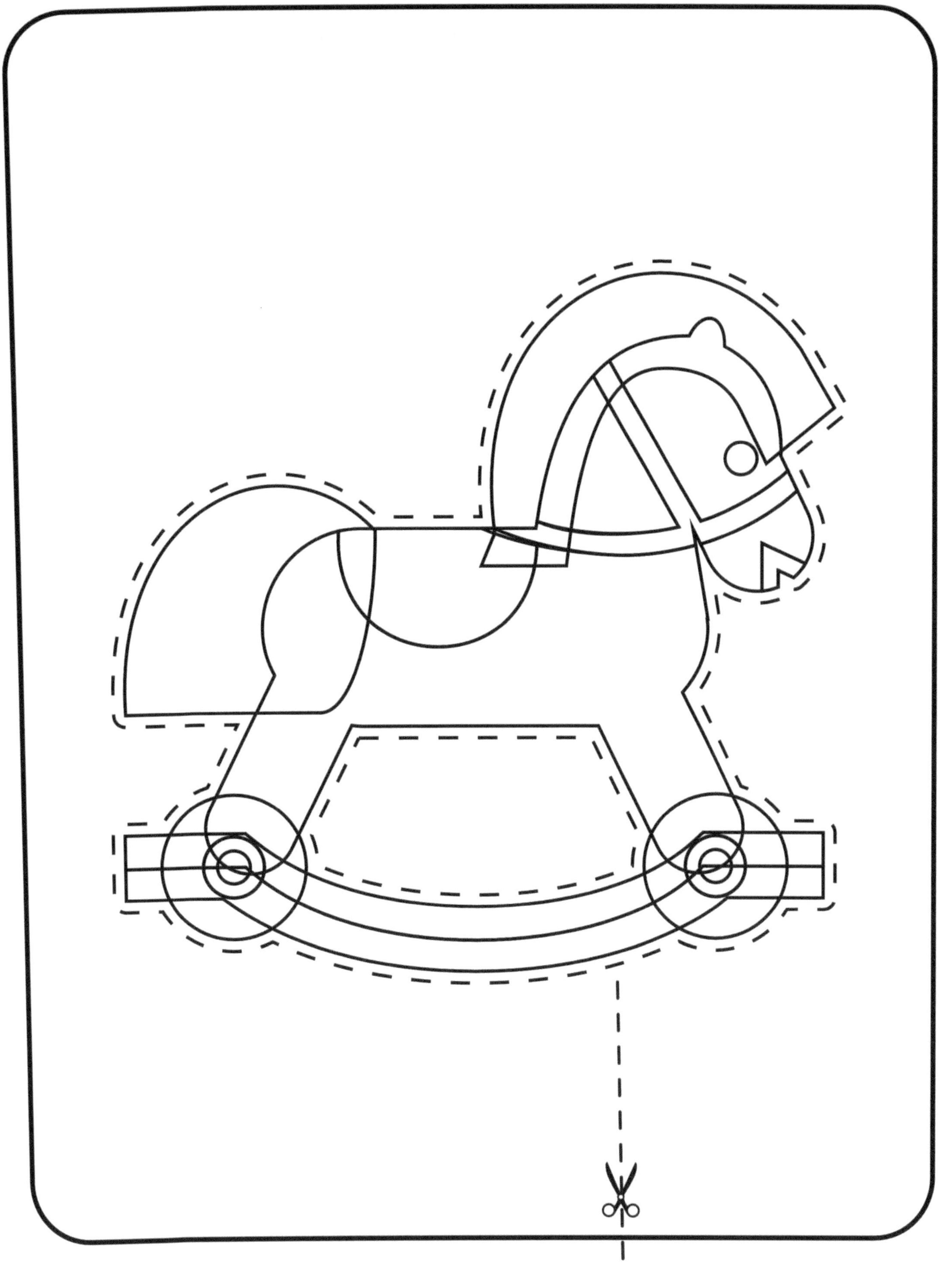

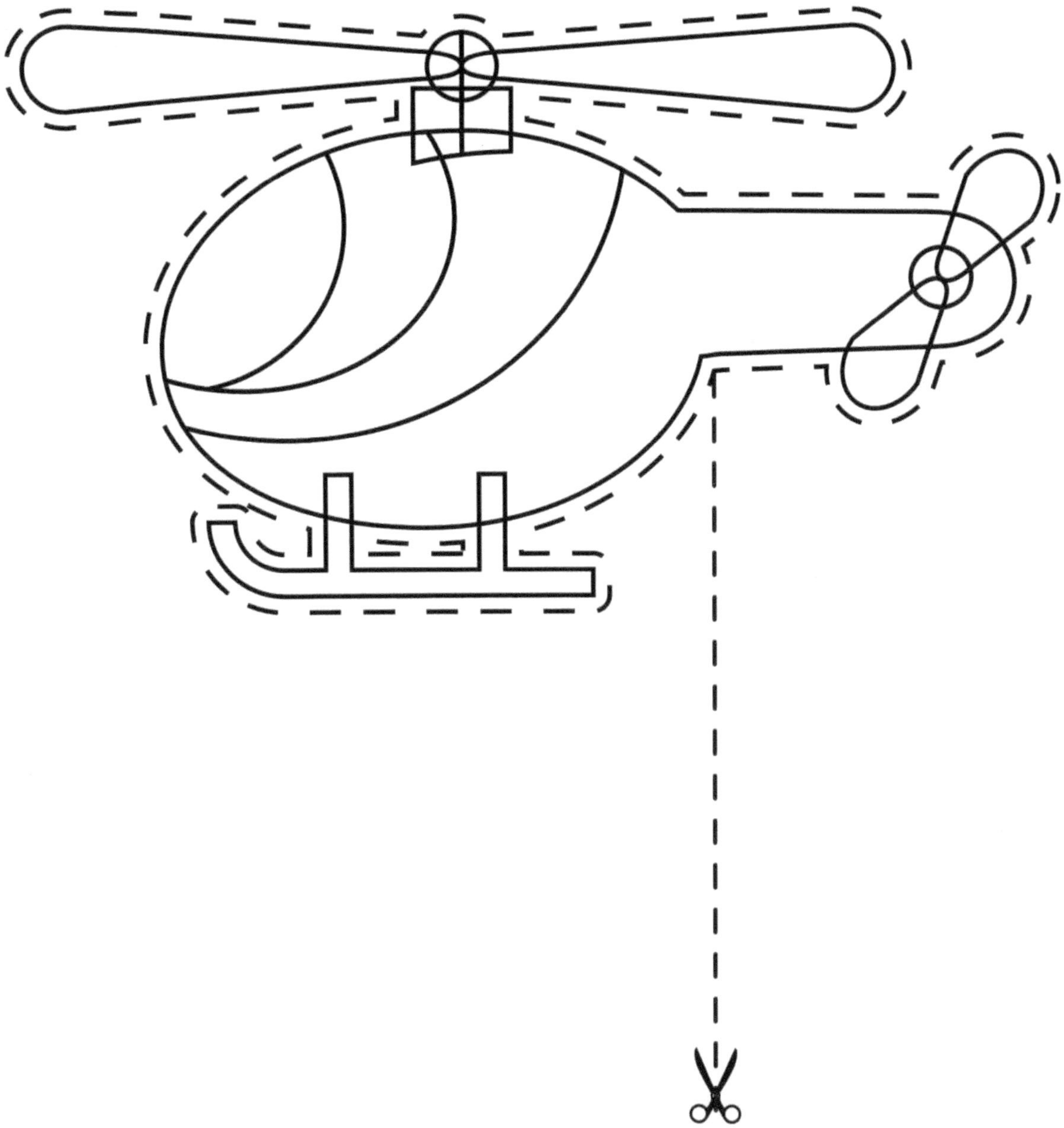

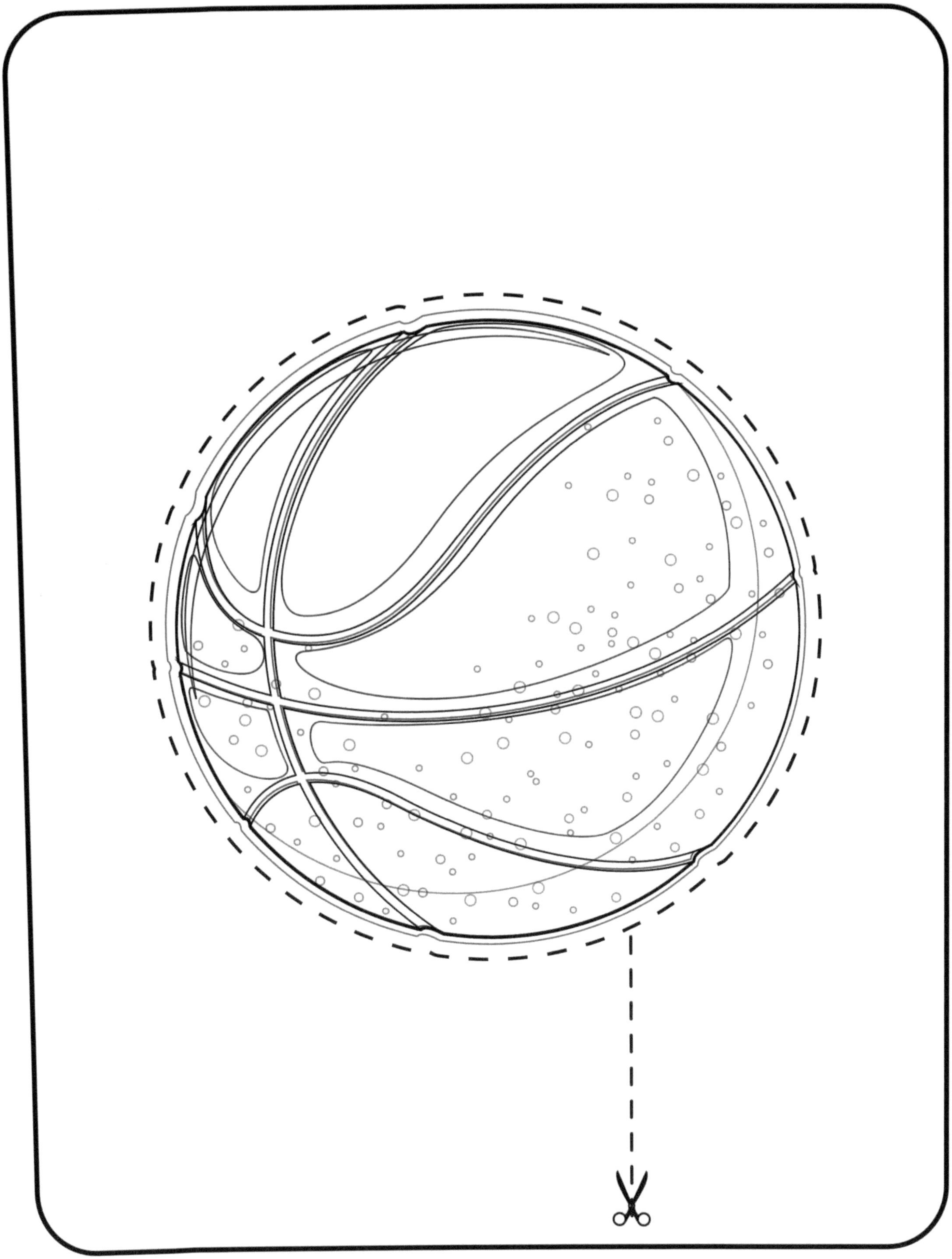

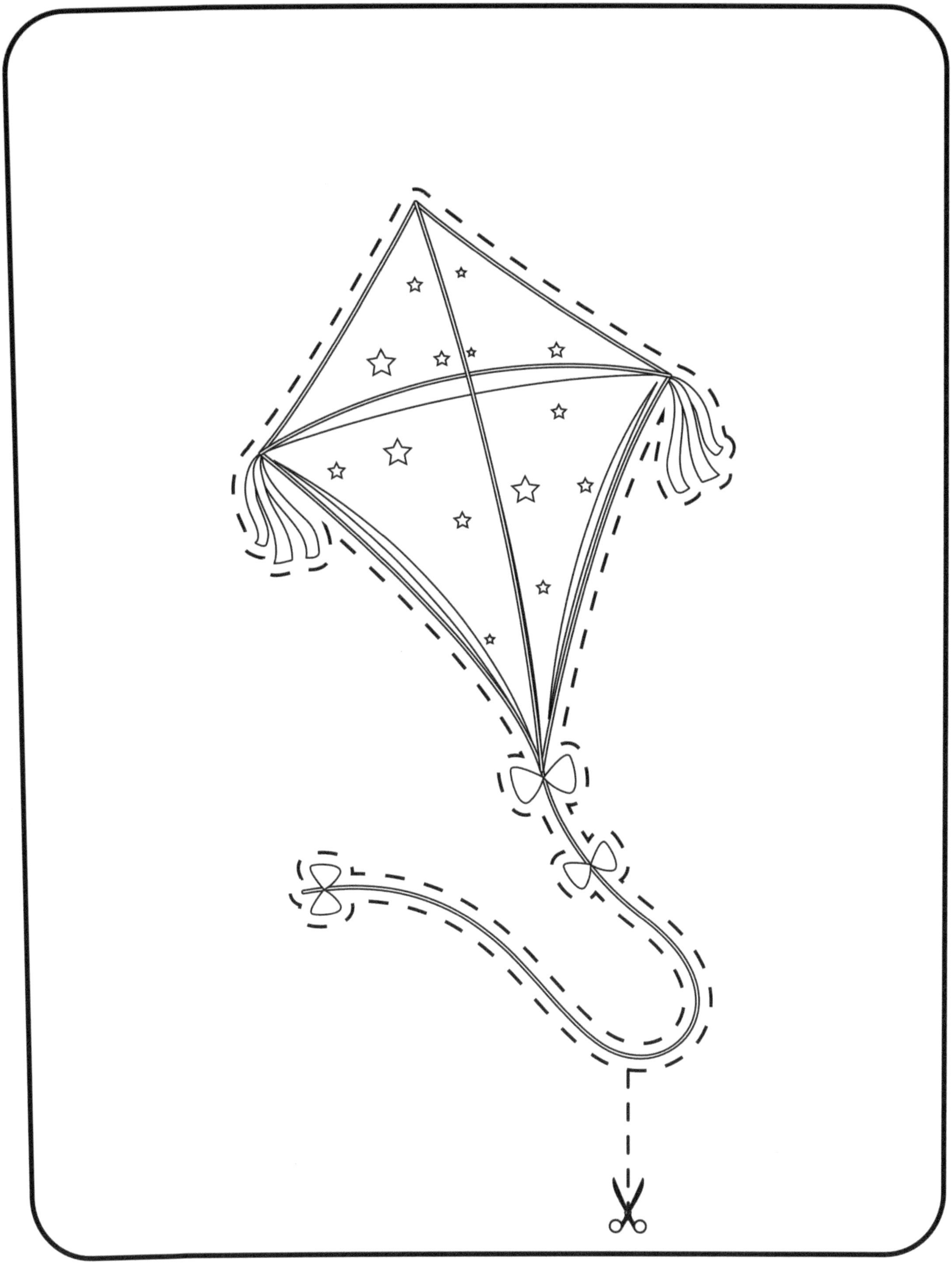

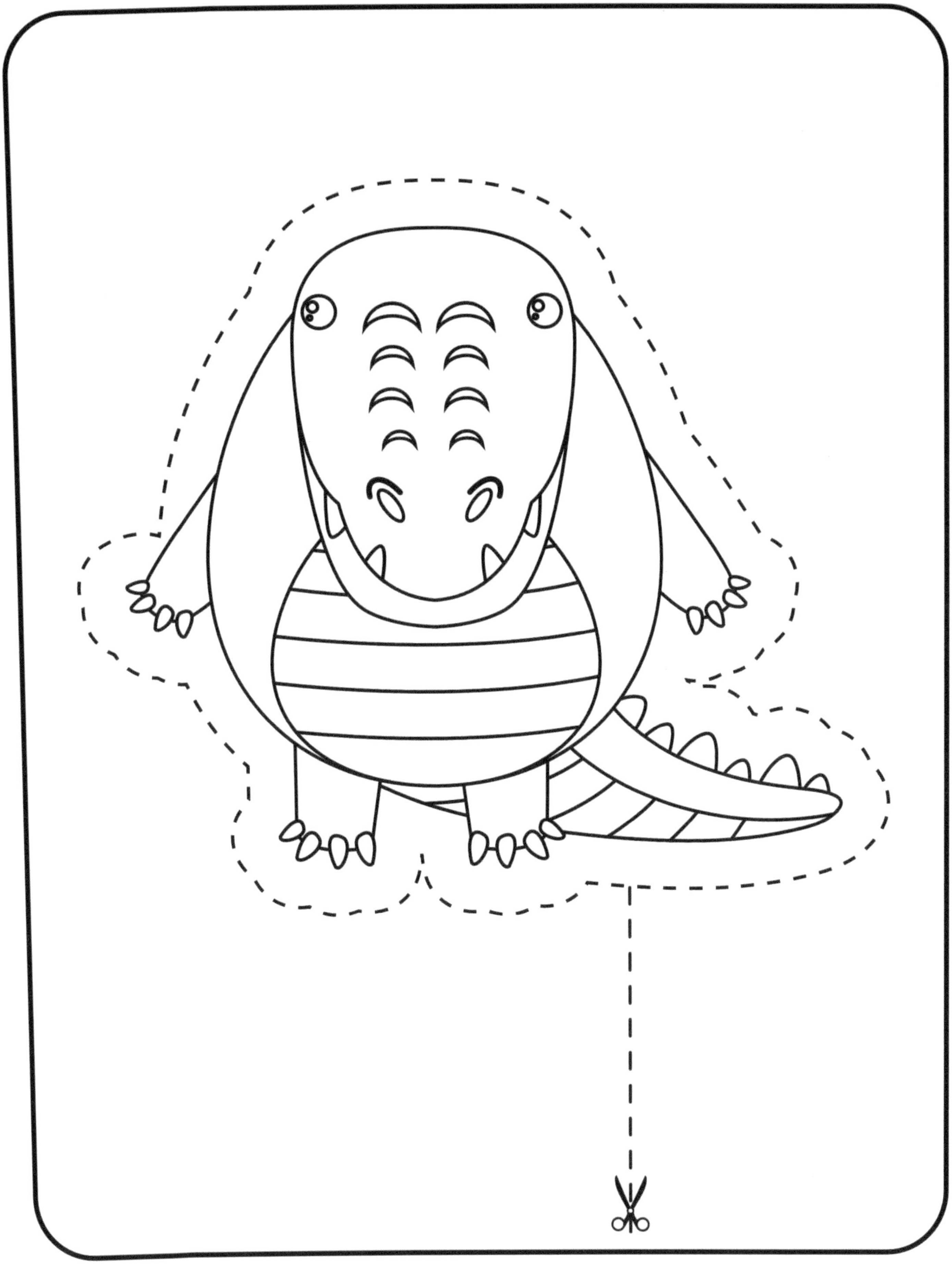

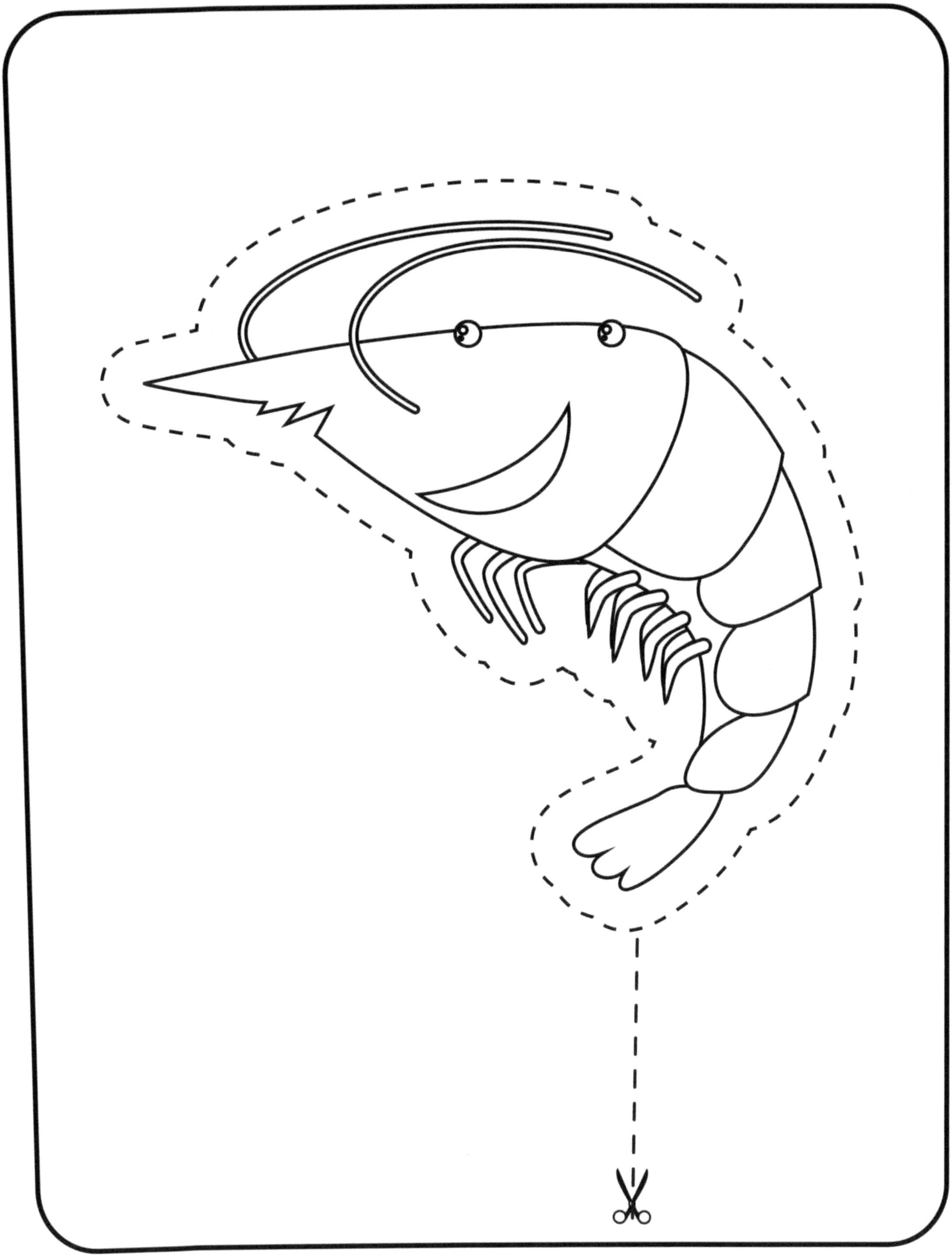

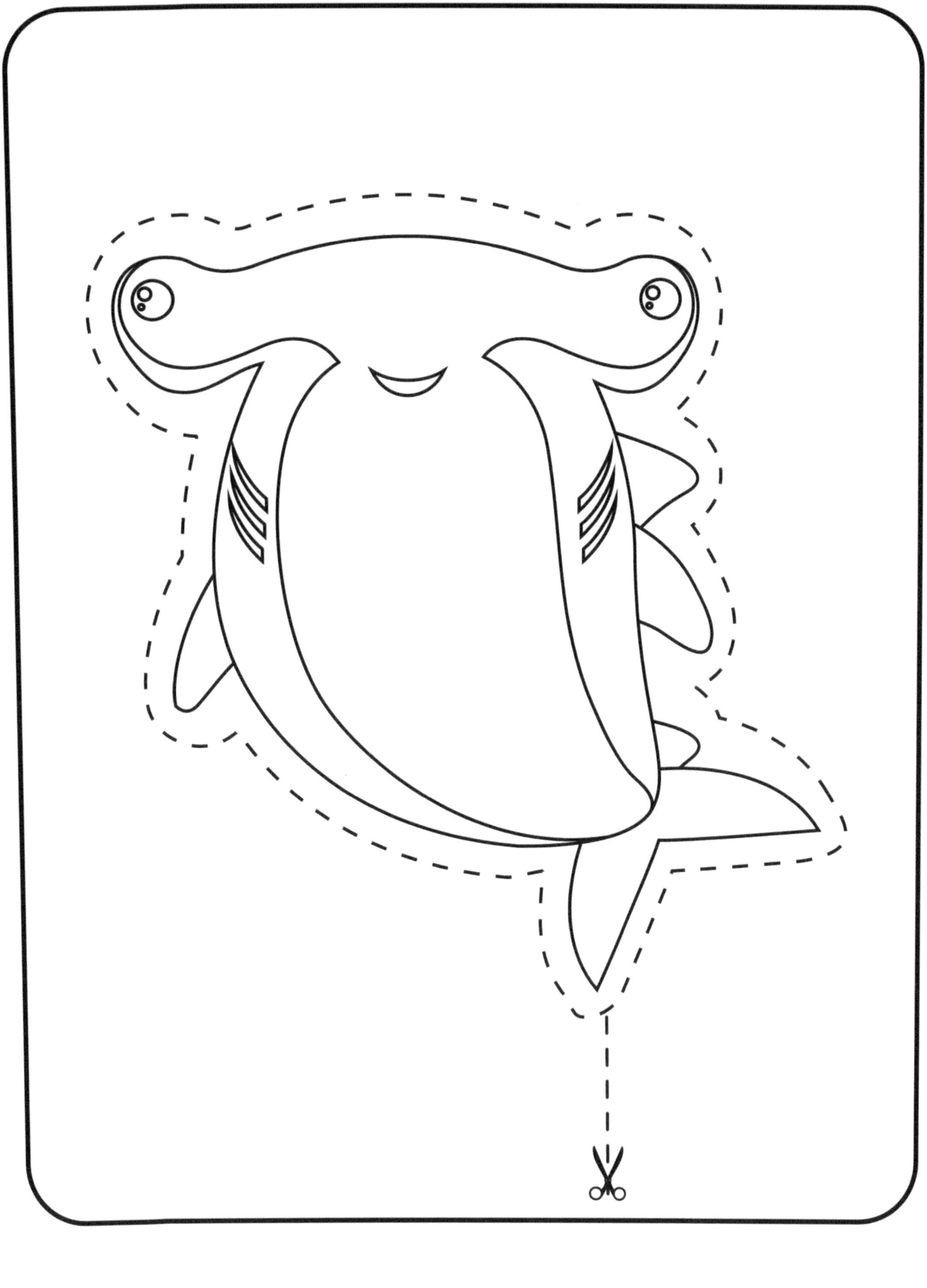

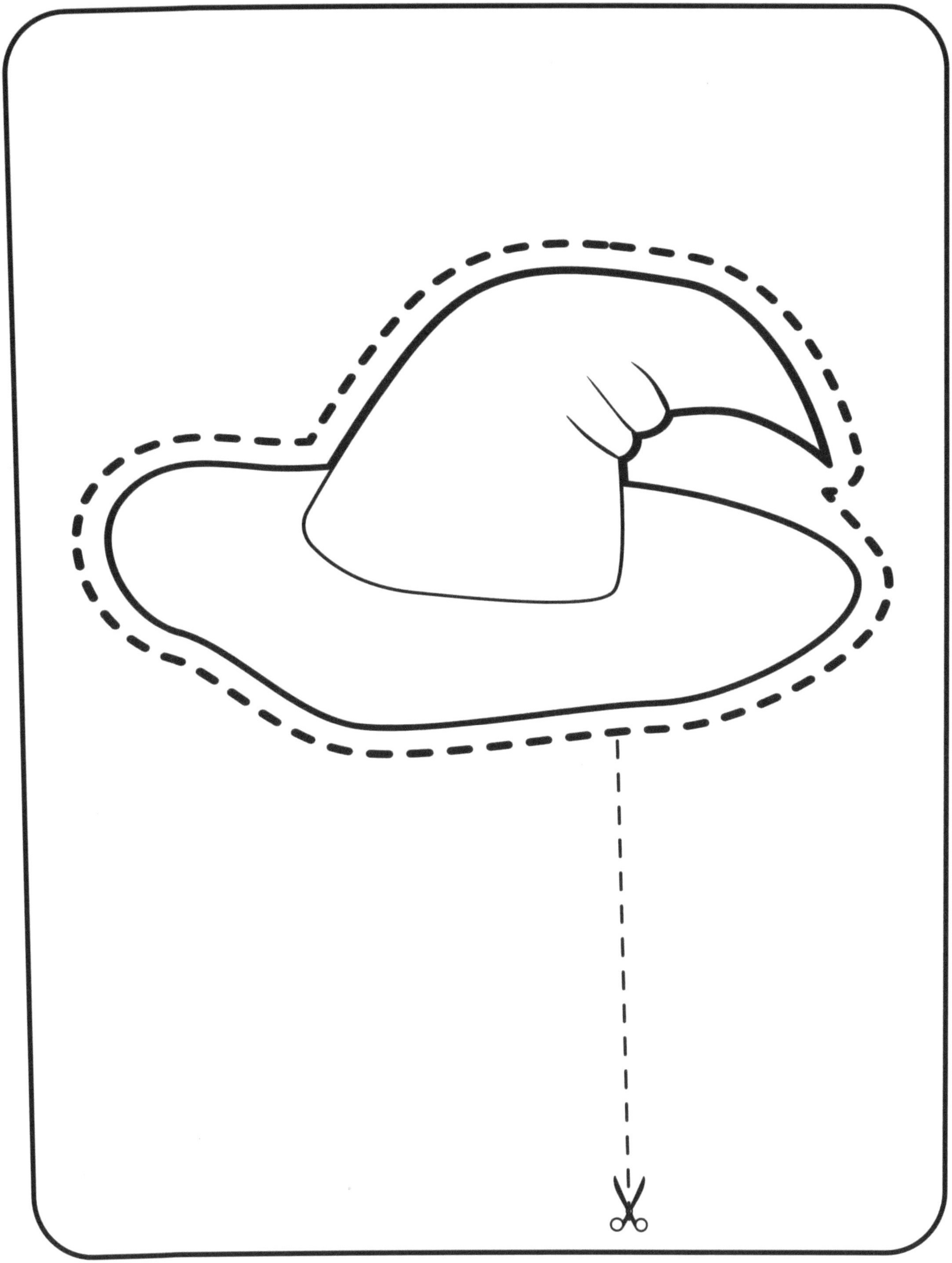

556

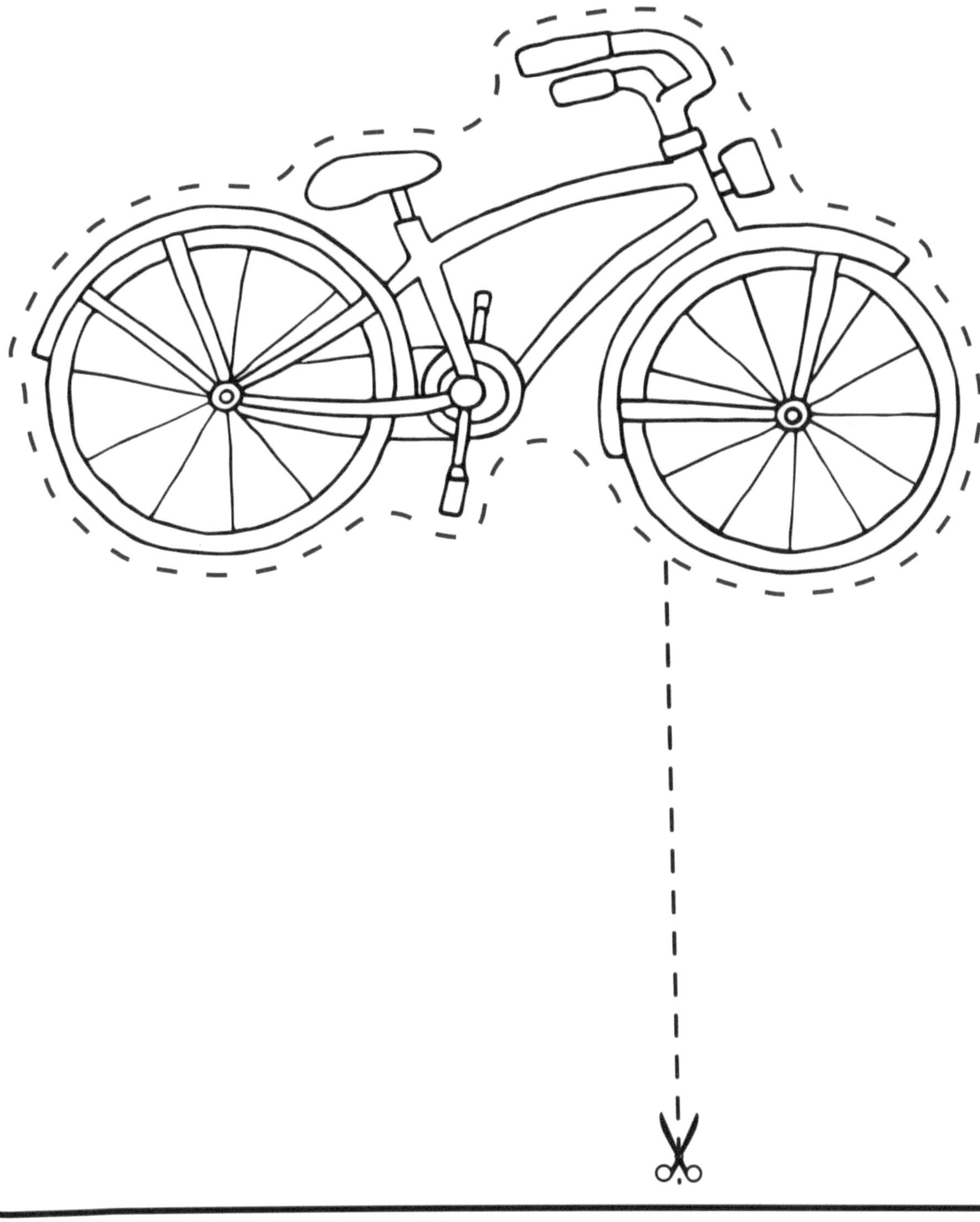

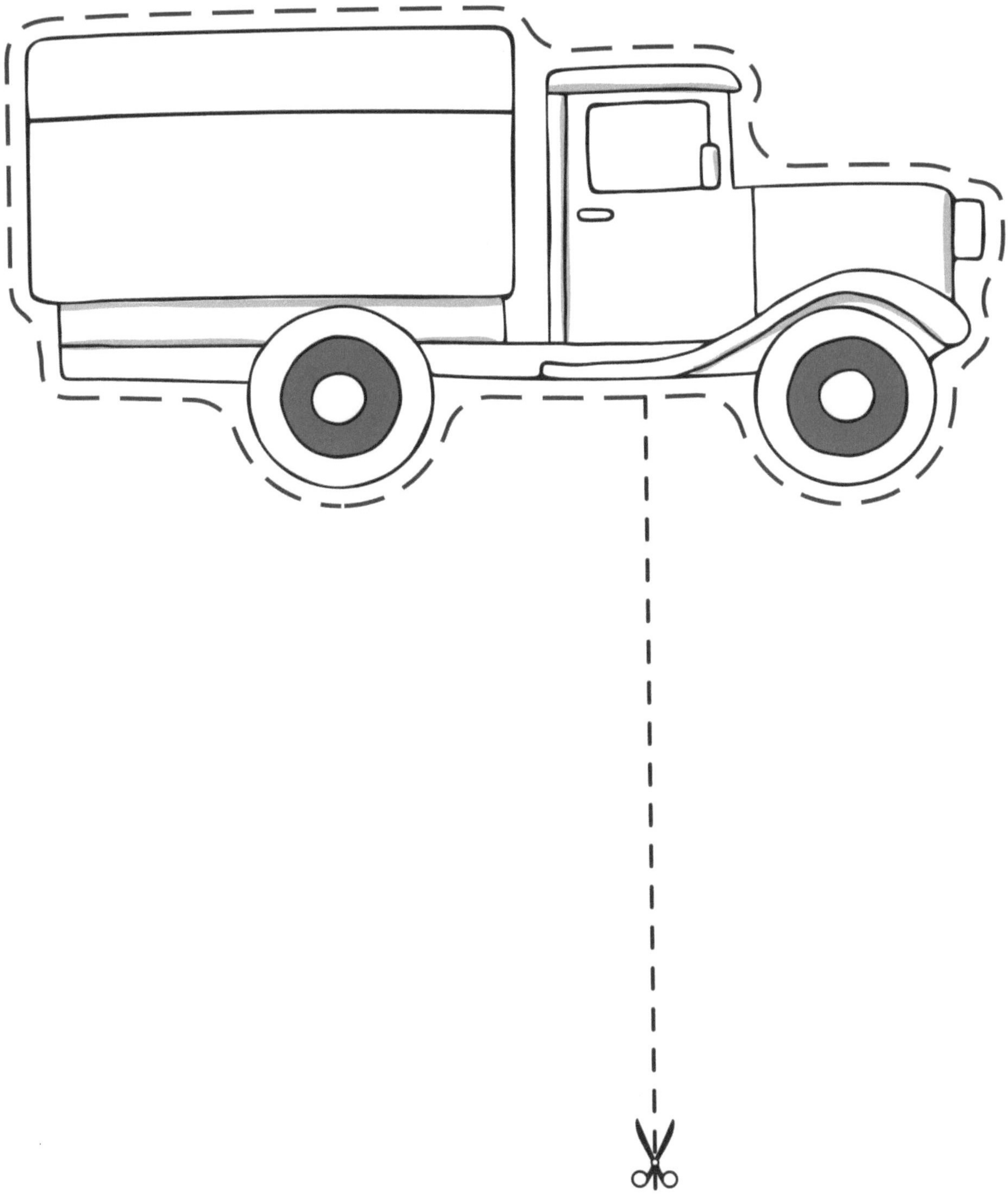

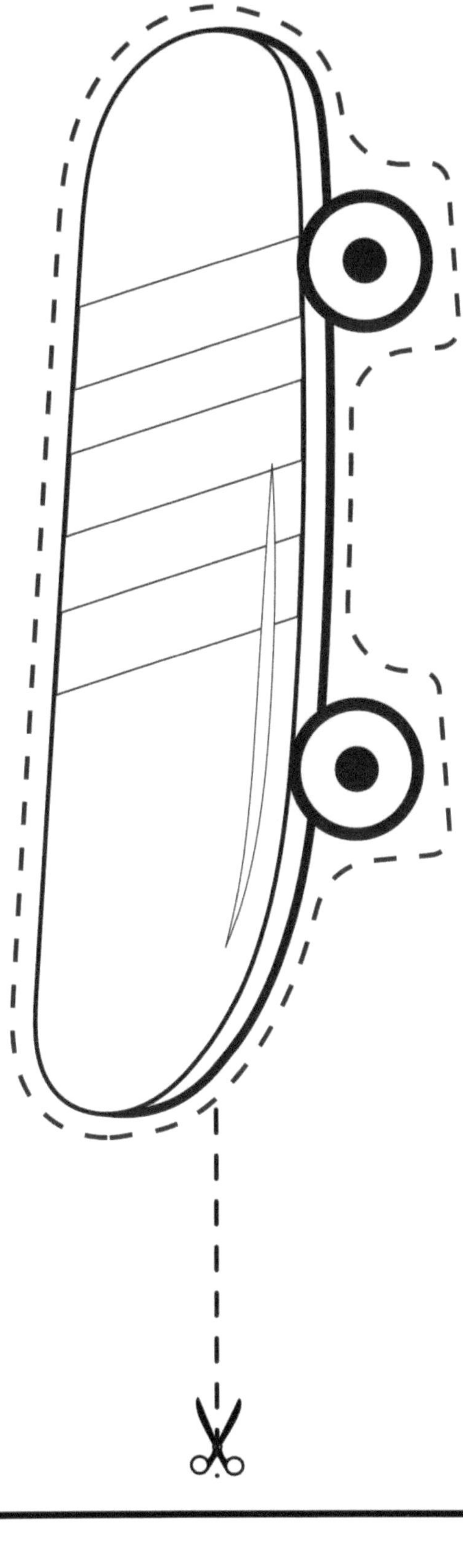

Haftungsausschluss

Die Umsetzung aller enthaltenen Informationen, Anleitungen und Strategien dieses Buchs erfolgt auf eigenes Risiko. Für etwaige Schäden jeglicher Art kann der Autor aus keinem Rechtsgrund eine Haftung übernehmen. Für Schäden materieller oder ideeller Art, die durch die Nutzung oder Nichtnutzung der Informationen bzw. durch die Nutzung fehlerhafter und/oder unvollständiger Informationen verursacht wurden, sind Haftungsansprüche gegen den Autor grundsätzlich ausgeschlossen. Ausgeschlossen sind daher auch jegliche Rechts- und Schadensersatzansprüche. Dieses Werk wurde mit größter Sorgfalt nach bestem Wissen und Gewissen erarbeitet und niedergeschrieben. Für die Aktualität, Vollständigkeit und Qualität der Informationen übernimmt der Autor jedoch keinerlei Gewähr. Auch können Druckfehler und Falschinformationen nicht vollständig ausgeschlossen werden. Für fehlerhafte Angaben vom Autor kann keine juristische Verantwortung sowie Haftung in irgendeiner Form übernommen werden.

Urheberrecht

Impressum

1. Auflage

Kontakt: Michael Köhler, Südhöhe 12, 01900 Großröhrsdorf
Covergestaltung: Les Creative
Coverfoto: https://depositphotos.com/

Printed in Poland
by Amazon Fulfillment
Poland Sp. z o.o., Wrocław

75673025R00058